AF253691

# EUSÈBE,

## Par J. L. LAYA,

*Professeur de Belles-Lettres au Lycée Charlemagne.*

## NOUVELLE ÉDITION.

A PARIS,

A l'Imprimerie de l'Institution des Sourds-Muets, sous la Direction
d'Ange CLO, rue du faubourg Saint-Jacques, no. 256.

1808.

# AVERTISSEMENT.

« Soyez-vous à vous-même un sévère critique.

Les personnes qui voudront bien comparer cette édition avec la première, reconnoîtront, à de nombreux changemens, que je me suis en effet jugé moi-même plus *sévèrement* que ne l'ont fait mes censeurs. Je devois des remercîmens à plusieurs d'entre eux : pour leur mieux témoigner ma reconnoissance, je me suis empressé de profiter de leurs critiques;

Mais ne vous rendez pas dès qu'un sot vous reprend

A dit Despréaux : Et l'on verra que je ne me suis pas toujours rendu, afin de me montrer fidèle à la cause du goût, dans

ma soumission, comme dans ma résis-
tance.

« Souvent, dans son orgueil, un subtil ignorant
» Par d'injustes dégoûts combat toute une pièce,
» Blâme des plus beaux vers la noble hardiesse.....
» Ses conseils sont à craindre; et si vous les croyez,
» Pensant fuir un écueil, souvent vous vous noyez ».

(DESPRÉAUX).

# ARGUMENT (1).

*Le jeune Eusèbe, à vingt ans, est resté sans famille, sans fortune, sans nulle ressource que quelques dons naturels, cultivés par une bonne éducation, et les germes d'un grand talent pour l'éloquence que l'étude devoit développer. Il s'embarque pour tenter la fortune dans les Colonies. — Son arrivée. — Ses succès. — Son mariage. — Quelque temps après, le souvenir de sa patrie, qui est aussi celle de sa femme, se réveille dans leurs ames:*

(1) Le fond de cette narration est historique. Quelques personnes savent même le nom véritable du personnage qui en est le héros.

ils partent, emportant avec eux leur fortune. — Leur naufrage. — Leur vaisseau
se brise et s'abîme à la vue des côtes.
Eusèbe est jeté seul sur le rivage. — Son
désespoir. — Il entre dans une maison de
Religieux hospitaliers. Il a tout perdu;
il veut s'y ensevelir. — Son noviciat. —
Ses vœux. — Il retrouve sa femme. — Dé-
nouement.

# LETTRE

## D'EUSÈBE ***,

## A SON AMI ***.

(Octobre 1765).

(C'est de la Chartreuse de.....qu'il écrit).

Toi que, depuis cinq ans, consterne mon silence,
Qui pleures mon trépas et non plus mon absence,
Ecoute, et puisses-tu, par mon exemple instruit,
Des leçons du malheur retirer quelque fruit !
Sans doute, c'est assez d'une seule victime.
Mon ami, l'avenir est pour l'homme un abîme :
Au delà du présent trop sûr de s'égarer,
Heureux, il doit jouir, malheureux, espérer.

Mes mains, au monument où reposoit ma mère,
Venoient de confier les restes de mon père;

Sans famille, sans bien, trop jeune infortuné,

Dans l'âge des plaisirs, de deuil environné,

Roseau foible et courbé sous les coups de l'orage,

Tu vis comme mon ame, essayant son courage,

Et bientôt soulevant le poids de sa douleur,

Sut opposer au sort l'égide du malheur,

La constance : le ciel, aux rives étrangères,

M'inspira de chercher des destins moins contraires.

Quelques heureux talens, présage de succès

Qu'eût peut-être avoués notre barreau français,

Par l'étude agrandis, mûris par l'infortune,

Bientôt, m'ont fait sortir de la route commune.

Mon nom cher à la veuve, au foible, à l'opprimé,

Par la reconnoissance et l'amour proclamé,

Vole de bouche en bouche... Ami, qu'ils ont de charmes

Ces honneurs consacrés par les plus douces larmes,

Tous ces trésors d'estime, acquis par des bienfaits !

Qu'on est riche, entouré des heureux qu'on a faits !

Du sévère public la clameur importune

Ne vient pas accuser votre noble fortune,

Lorsque vous-même, ardent à la justifier,
Par d'utiles vertus ayez su l'expier.
De ces tributs d'amour mon ame étoit avide.
Le dirai-je pourtant? Un je ne sais quel vide,
Au sein de ma fortune, inquiétoit mon cœur,
Tourmenté du besoin de quelqu'autre bonheur.
Notre ame autour de soi cherche une ame fidelle
Qui pense, qui jouisse, ou qui souffre avec elle :
Dieu, sur mes jours encor signalant sa bonté,
M'offrit ce doux appui de ma prospérité,
Cette ame de mon ame, en son plus digne ouvrage.
Thérèse c'est son nom; seize ans, c'étoit son âge :
Ses yeux étoient plus doux que l'azur d'un beau jour,
Embellis d'innocence, ils s'ouvroient à l'amour
Qui déja révéloit, sous leur paupière humide,
D'un cœur qui va brûler la flamme encor timide.
Tel, devançant ses feux, le flambeau du matin
Jette, au sein des vapeurs, un rayon incertain.
Dieu même avoit formé sa jeune intelligence
De l'un des purs rayons de sa divine essence.

C'est ainsi qu'on nous peint, abandonnant le ciel,

La jeune déité sous le toit d'un mortel.

O jours trop expiés de mes destins prospères !

   La France, où je laissai la cendre de mes pères,

Où ma jeune compagne avoit reçu le jour,

Etoit un double objet de regrets et d'amour :

Vers leur commun berceau nos ames entraînées,

De loin, y renouoient leurs premières années,

Recommençoient la vie ; un sentiment pieux

Nous y montroit la tombe où dormoient nos aïeux,

Où nous devions un jour rejoindre leur poussière :

Adieu donc pour jamais, ô terre hospitalière

Qui reçus l'orphelin et le fils du malheur ;

Adieu, je vous bénis, et vous garde en mon cœur !

Nous partons : mon vaisseau qu'un souffle heureux seconde,

Emportant tous mes biens, fend les plaines de l'onde.

La mer calme, le ciel étincelant et pur

Nous ouvrent un passage entre leur double azur.

Des derniers feux du jour dans le lointain dorées,

Déjà sortoient des eaux les rives adorées....

Salut, terre natale! Oh! que puissent mes pleurs
Bientôt mouiller ton sol, ta verdure et tes fleurs!...
Hélas! ils vont bientôt couler sur ton rivage
Les pleurs du désespoir et les pleurs de la rage!
O prodige!... soudain se dérobe à nos yeux
Le ciel, enveloppé d'une vapeur de feux;
Et, comme repoussant l'atmosphère fumante,
La mer s'enfle et s'élève en montagne écumante,
Roulant et les cailloux et les sables brûlans
Qu'un désordre intestin (1) fait jaillir de ses flancs.
Un Vésuve nouveau qui couvoit sous ses ondes
Ouvre, en les déchirant, ses entrailles profondes.
Le bitume en fureur au sein des eaux mugit;
Le soufre en s'irritant au sein des airs rugit;
Sous nos pieds la mer tonne, et le ciel sur nos têtes.
Mon vaisseau, frêle abri qu'assiégent les tempêtes,
Par la vague, tantôt, vers la côte lancé,
En pleine mer, tantôt, par elle repoussé,

_______________

(1) Le volcan sous-marin.

Jouet de son caprice, ici, fuit dans l'abîme ;

Là, sur elle incliné, monte et pend à sa cime.

De ténèbres, de feux, d'ondes environnés,

Par la terre, et la mer, et le ciel condamnés,

Nous roulons, égarés au sein du gouffre immense,

Où l'antique chaos sous nos pieds recommence :

C'en est fait !... recevez, terre de nos neveux,

Pour vos races et vous, l'hommage de nos vœux.

Reçois, sol paternel, les ames fugitives

De tes fils ; sans tombeaux, expirant sous tes rives.

En ce commun désastre, en ces momens affreux,

Du moins, je goûte encor le bonheur douloureux

De mourir embrassé de celle que j'adore......

Qu'ai-je dit ? ce bonheur !... non, il m'échappe encore !

Le foudre souterrain, déchaîné de nouveau,

Bondit, s'élance, et frappe, et brise mon vaisseau.

Dont les vastes éclats, que disperse sa rage,

Par les flots ressaisis, sont vomis sur la plage.

Dans ces affreux courans moi-même enveloppé,

La rive ma reçu, de leur gouffre échappé,

Mais seul, ( l'onde jalouse a gardé ce que j'aime )!
Déplorable moitié de cet autre moi même,
Sur le sable jeté, tout meurtri, tout sanglant,
Epargné par la mort, mais bientôt l'appelant,
Quand le pâle rayon de l'aube blanchissante
Ne me laisse plus voir que mon épouse absente.
Quel terrible moment! quels pensers! quel effroi!
Devant moi l'Océan! des débris près de moi,
Et des corps mutilés qui gissent sur l'arène!
Sur ce champ de la mort en rampant je me traîne,
Observant, d'un regard sinistre et douloureux,
Jusqu'en leurs moindres traits, ces cadavres affreux,
La cherchant, la nommant, craignant de reconnoître
Ses restes adorés... le souhaitant peut-être!
Et, lorsqu'en cris perdus s'exhala mon amour,
Maudissant mon départ, la mer, le ciel, le jour,
Hors de moi, sur ce bord horrible, épouvantable,
Je hurle en longs sanglots ma plainte lamentable;
Je m'éloigne et reviens interdit, éperdu;
J'appelle et cherche encor... Rien! rien! j'ai tout perdu!

La mer l'a dévorée !.. Eusèbe, il faut la suivre.

Eh ! désormais, sans elle, Eusèbe, peux-tu vivre ?

Dans ce monde désert qu'elle n'anime plus,

Veux-tu traîner le poids de tes jours superflus ?

Mer qui m'as rejeté, mer, redeviens ma tombe.

Je marche... un froid soudain vient m'enchaîner... je tombe

Sans mouvement, sans souffle.. Un long égarement

M'a ravi la mémoire, et jusqu'au sentiment ;

Faveur qu'il faut bénir, dans un malheur extrême !...

     Mais quel tendre intérêt me rappelle à moi même ?

Fille auguste du ciel, l'active charité

M'a conduit sous le toit de l'hospitalité,

Où respirent en Dieu des hommes vénérables,

Au foible, au cœur souffrant, au pécheur secourables.

Ces prêtres, exercés au secret des douleurs,

Ont bientôt dans mes yeux lu celui de mes pleurs.

Leur piété sensible, inquiète, prudente,

Bientôt sonde mon cœur et sa blessure ardente ;

Dans ce cœur de regrets et de feux dévoré,

Comme un baume sauveur, elle entre par dégré,

Pénètre en tous mes sens et calme leur vertige.

Ainsi, l'eau du matin vient raffraîchir la tige

De ces fleurs qu'un soleil brûlant et meurtrier,

Sous le poids de ses feux, la veille a fait plier.

Que leur zèle est touchant ! leur voix compatissante !

Comme elle sait répondre à l'ame gémissante,

Et, par le seul pouvoir de ses simples accens,

Apaiser la révolte et l'orage des sens !

Pour adoucir mon cœur aigri par la souffrance,

Leur zèle ingénieux y versoit l'espérance.

Souvent, ils me disoient : « le bien qu'on croit perdu

» Que Dieu voulut ravir, par Dieu même est rendu.

» A l'heure où vous pleurez, l'on vous pleure peut-être ».

J'embrassois cet espoir qui me faisoit renaître.

Pour distraire mes maux, ils redisoient les leurs :

Eh ! qui n'a pas porté son fardeau de douleurs !

D'un tendre égarement victime intéressante,

L'un offroit à son Dieu sa plaie encor récente.

L'autre, sur son vieux front où revit le passé,

Laissoit lire un regret qui s'est mal effacé ;

D'un long tourment d'amour ce front portoit l'empreinte ;

La trace reste encor, si la flamme est éteinte.

Je voyois, dans ces traits que l'amour a minés,

L'image de ces rocs par les feux calcinés,

De ces monts où la foudre imprima son ravage,

Où le volcan éteint grave encor son passage.

Depuis trois mois, témoin de leurs touchans combats,

J'admirois leur constance.... et ne l'imitois pas ;

Mais, confident du moins de leurs chastes alarmes,

Je goûtois avec eux la volupté des larmes,

Des larmes, seul bonheur qui reste au malheureux !

Ils en versoient sur moi, j'en répandois sur eux.

Pour moi, tout étoit mort dans un monde stérile :

« Du monde, leur disois-je, aujourd'hui je m'exile,

» De ce séjour de gêne où l'homme, en ses douleurs,

» N'a pas même le droit de jouir de ses pleurs.

» Vous qui, plus indulgens, laissez l'ame affligée

» S'abreuver de ces pleurs, dont elle est soulagée,

» J'adopte votre terre où je vais m'en nourrir,

» Jusqu'au jour où leur source à jamais doit tarir ».

Dieu reçut mes sermens : consacré sous la haire,

J'acquis une famille, ils acquirent un frère.

De leurs pieux devoirs pénétré chaque jour,

J'en sus prendre l'esprit, bientôt même l'amour.

J'embrassai la rigueur de l'austère doctrine,

La cendre rappelant l'homme à son origine ,

Le cilice élevant l'homme mortifié

Jusqu'à la croix d'un Dieu pour lui sacrifié,

Et ces privations, ces jeûnes redoutables,

Dans les temps de colère, à l'ame profitables.

Des prophètes sacrés méditant les esprits,

Je m'embrasai du feu de leurs divins écrits.

Pour annoncer la foi par eux même attestée,

Telle qu'à ses élus Dieu l'a manifestée,

Je parus dans la chaire, à cet emploi sacré

Par de nobles essais n'aguère préparé,

Quand, des loix de Thémis interprète équitable,

Je réconciliois l'homme avec son semblable ;

Interprète en ce jour des arrêts du saint lieu,

Je réconciliai les hommes avec Dieu.

Oh! qu'il se sent porter au-dessus de soi-même

Celui qui vient parler au nom d'un Dieu suprême!

Soutenu de la grâce et plein de son ardeur,

Il monte tout brûlant au trône de splendeur,

Plonge en cet océan de lumière profonde,

Et descend radieux illuminer le monde!

Dieu m'avoit avoué; son esprit quelquefois

Présent à mon esprit s'exprimoit par ma voix.

Quelquefois, le pécheur que ma menace étonne,

Croyoit, plein d'épouvante, entendre Dieu qui tonne;

Et, devant que ma voix cessât de retentir,

Déjà renouvelé couroit au repentir.

D'autres fois ( et c'étoit mon plus doux ministère )!

L'Homme-Dieu s'annonçoit pour racheter la terre:

De sa miséricorde il ouvroit les trésors;

Tous y pouvoient puiser, les foibles et les forts;

Tous offroient à ce Dieu qui calmoit leurs alarmes,

L'accord de leurs soupirs et l'encens de leurs larmes.

Un jour... ( jamais, je crois, d'un souffle plus divin,

Dieu n'avoit échauffé ni fait frémir mon sein ):

A cette heure douteuse où, naissante et timide,

L'aurore a commencé de teindre l'ombre humide,

A l'heure du réveil, un songe avoit surpris

Et de ses jeux trompeurs fasciné mes esprits.

Son miroir décevant m'avoit fait reconnoître

Le sol qui me reçut, le sol qui me vit naître;

Et, ce prestige heureux m'y portant tour à tour,

Je croyois habiter ces deux terres d'amour.

Mais à l'heure où l'airain, qu'un bras fidèle agite,

Aux autels de son Dieu rappelle le lévite,

Ce bonheur fantastique, évanoui soudain,

Nétoit plus que l'erreur d'un esprit trop mondain

Qui cherche à se surprendre, à s'éblouir lui-même

Des folles visions qu'il redoute et qu'il aime.

Tel cet insecte ailé que la flamme a séduit,

Vole autour de la flamme, à sa perte conduit.

Tel, jouet du passé toujours prompt à renaître

Et de ce foible cœur dont je ne suis plus maître,

Toujours je rentre au piége où se perd ma raison,

Où je meurs consumé d'un funeste poison.

Au fond du sanctuaire auguste et redoutable,

En vain je veux le fuir ce piége inévitable ;

Il me poursuit par tout, sous les yeux menaçans

D'un Dieu qui se courrouce aux révoltes des sens,

Jusqu'au sein de la chaire, hélas ! que je profane,

Moi, plein de lâchetés qu'en d'autres je condamne,

Mais qu'enfin, dans ce jour, pour mieux m'humilier,

Par un aveu public je voulus expier !...

Ce jour même, au troupeau de mes nombreux fidèles,

Je révélai mon ame et ses langueurs mortelles,

Ces assauts de la chair nuit et jour répétés,

Combattus nuit et jour, et jamais surmontés.

Ma rougeur, accusant ma lâche nonchalance,

Contre leurs foibles cœurs armoit leur vigilance.

La loi de Dieu, mêlée au récit de mes maux,

D'un plus grand caractère en marquoit les tableaux :

De ces maux, à son tour la peinture attachante

Rendoit la loi de Dieu peut-être plus touchante.

Qu'ils parurent émus, alarmés, interdits,

Quand leurs cœurs, entraînés au cours de mes récits,

Pour la seconde fois me suivirent sur l'onde,

Sur le sein courroucé de cette mer profonde,

Où tout ce que j'aimois, leur disois-je, a péri,

Où ma jeune compagne... Un lamentable cri

Fend la voûte à ce mot : c'est lui !.. Dieu ! c'étoit elle !

Elle-même ! L'épouse à son époux fidelle,

Dont je pleurois la mort, qui pleuroit mon trépas,

Que Dieu me conserva... mais qu'il ne me rend pas !

Oh ! qu'après notre simple et vive confidence,

De mes vœux trop hâtés je sentis l'imprudence !

Combien je fus à plaindre, et combien furieux

Que le monde eût reçu mes éternels adieux,

Que je fusse, par moi, séparé de moi-même !

Ma criminelle rage alla jusqu'au blasphême.

J'accusai mes amis ; je maudis leur secours,

Leur cruelle pitié qui prit soin de mes jours,

Mes fers, liens de mort affreux, irréparables,

Et de moi, dans la tombe, encore inséparables !

J'abjurai la vertu, même l'humanité !

Oui, devenu barbare, ami, je regrettai

Que la foudre du ciel, au sein de la tourmente,

N'eût pas, sous mes yeux même, englouti mon amante.

« Tu vivras, m'écriois-je, et tu vivras sans moi!...».

A ce penser, saisi d'un sacrilége effroi,

Je défiois la mort, l'Eternel, son tonnerre,

L'enfer!... eh! pour Eusèbe il étoit sur la terre!...

Quel coupable délire! ô Dieu, dans ta bonté,

Pardonne à ton esclave un moment révolté.

Un désespoir plus doux, mieux déguisé peut-être,

(Car dans l'art de souffrir ce sexe est notre maître)

Troubloit ma jeune épouse; en nos communs malheurs,

Elle sembloit gémir de mes seules douleurs,

Tour à tour, s'adressant d'une voix sage et tendre

A ma sourde raison... qui ne pouvoit l'entendre,

A ma religion, dont mon cœur égaré

Ne reconnoissoit plus le langage sacré,

Elle offroit aux regards de chaque solitaire

L'ange consolateur descendu sur la terre.

Sa constance l'emporte et me rend ma vertu.

« Perdrons-nous nos combats, ayant tant combatu,

» Cher Eusèbe, me dit cette femme accomplie,

» Notre double carrière en ce monde est remplie

» Du jour même, où l'amour, trompant notre avenir,

» Vous dicta le serment qui doit nous désunir.

» Vivans Dieu nous sépare!... à sa gloire éternelle,

» Anticipant ses dons, vivans il nous appelle.

» J'ignore si la terre a droit d'anéantir

» Des nœuds qu'en les formant Dieu voulut garantir;

» Votre sœur, plus soumise à ce Dieu qu'à la terre,

» dans l'avoué du ciel ne connoît plus qu'un frère :

» L'Eglise est votre épouse; en m'arrachant à vous,

» Ce Dieu qui vous remplace, Eusèbe, est mon époux».

Ces mots sont les derniers : ses lèvres innocentes

Marquent un chaste adieu sur mes mains frémissantes.

Plus d'espoir! pour jamais elle a fui les mortels.

Le Dieu jaloux l'enchaîne au pied de ses autels,

D'où s'élève pour moi sa fervente prière,

Où revole et revit mon ame toute entière,

Attendant que je puisse un jour, de ce saint lieu,

M'élancer avec elle et me rejoindre à Dieu.

www.ingramcontent.com/pod-product-compliance
Lightning Source LLC
Chambersburg PA
CBHW051423060726
47596CB00006B/2344